S0-BSF-002

Comienzos y finales

A mi abuela, mi madre y mi hija
que me han enseñado a tejer la manta de la vida
y a Kike con quién la comparto.

Arias, Liliana
Comienzos y finales. - 1a ed.
Ciudad Autónoma de Buenos Aires: Uranito Editores, 2013.
32 p. : il. ; 21x21 cm. - (Pequeños lectores)
ISBN 978-987-703-027-3
1. Narrativa Infantil Colombiana. 2. Cuentos. I. Título
CDD A863.928 2

Edición: Anabel Jurado
Diseño: Natalia Bellini
Ilustración: Tania De Cristóforis

Reservados todos los derechos. Queda rigurosamente
prohibida, sin la autorización escrita de los titulares del
copyright, bajo las sanciones establecidas en las leyes,
la reproducción parcial o total de esta obra por cualquier
medio o procedimiento, incluidos la reprografía y el
tratamiento informático, así como la distribución de
ejemplares mediante alquiler o préstamo públicos.

© 2013 *by* Liliana Arias
© 2013 *by* Tania De Cristóforis
© 2013 *by* EDICIONES URANO S.A. - Argentina
Paracas 59 - C1275AFA - Ciudad de Buenos Aires
info@uranitolibros.com.ar / www.uranitolibros.com.ar

1ª edición

ISBN 978-987-703-027-3
Queda hecho el depósito que establece la Ley 11.723

Gráfica Pinter
Diógenes Taborda 48 - CABA
Septiembre de 2013

Impreso en Argentina. *Printed in Argentina*

Liliana Arias

Comienzos y finales

Ilustraciones: Tania De Cristóforis

ROUND LAKE AREA
LIBRARY
906 HART ROAD
ROUND LAKE, IL 60073
(847) 546-7060

URANITO EDITORES

ARGENTINA - CHILE - COLOMBIA - ESPAÑA - ESTADOS UNIDOS
MÉXICO - PERÚ - URUGUAY - VENEZUELA

HORTENSIA ERA UNA OVEJA ABUELA DULCE, SENSIBLE Y DE GRAN INTELIGENCIA, QUE HABÍA RECIBIDO SU NOMBRE, POR SU APETITO FELIZ Y BIEN MASTICADO, DE LAS FLORES DEL JARDÍN QUE RODEABAN LA GRANJA. TENÍA 2 HIJAS, 3 HIJOS Y 6 NIETOS… BUENO, CASI 7, SI NOMBRAMOS AL CORDERITO DE SU HIJA LOLA, QUE ESTABA POR NACER.

HORTENSIA HABÍA VIVIDO UNA LARGA VIDA LLENA DE BUENOS MOMENTOS. ERA FELIZ EN LOS DÍAS DE CALOR, DISFRUTABA DE LAS NOCHES ESTRELLADAS, HABÍA APRENDIDO A SOBREVIVIR AL FRÍO CUANDO EL GRANJERO ESQUILABA SU LANA Y SABÍA MUY BIEN CÓMO DELEITARSE CON UN BUEN PLATO DE HIERBA FRESCA MOJADA DESPUÉS DEL ROCÍO DE LAS MAÑANAS.

UN DÍA, HORTENSIA JUNTÓ VARIAS BOLITAS DE SU PROPIA LANA, HIZO UN DIMINUTO NUDO CON SUS DOS AGUJAS Y EMPEZÓ A TEJER UNA HERMOSA MANTA CON MOTIVOS DE FLORES. TEJÍA Y TEJÍA CADA VEZ QUE PODÍA. PASARON LOS MESES Y HORTENSIA PUSO TODOS SUS PENSAMIENTOS Y SENTIMIENTOS EN AQUELLA MANTITA.

PERO UNA TARDE SE DIO CUENTA DE QUE SE HABÍA OLVIDADO DEL DÍA EN QUE HABÍA EMPEZADO A TEJER. "¿CÓMO FUE QUE EMPEZÓ TODO?", SE PREGUNTÓ...

A LA OVEJA ABUELA SE LE HABÍA OLVIDADO LO QUE ERA COMENZAR. YA NO SUPO QUÉ ERAN LOS INICIOS. FUE CORRIENDO MUY PREOCUPADA A CONSULTAR A SU NIETA MÁS PEQUEÑA, NIBE, QUE EXPLORABA EL MUNDO COMO SI FUERA RECIÉN INVENTADO Y QUIEN, ADEMÁS, ERA UNA CURIOSA EMPEDERNIDA.

LA NIETA, SIN DEJAR DE MASTICAR PASTO,

SE DEDICÓ A AYUDAR A LA ABUELA A RECORDAR.

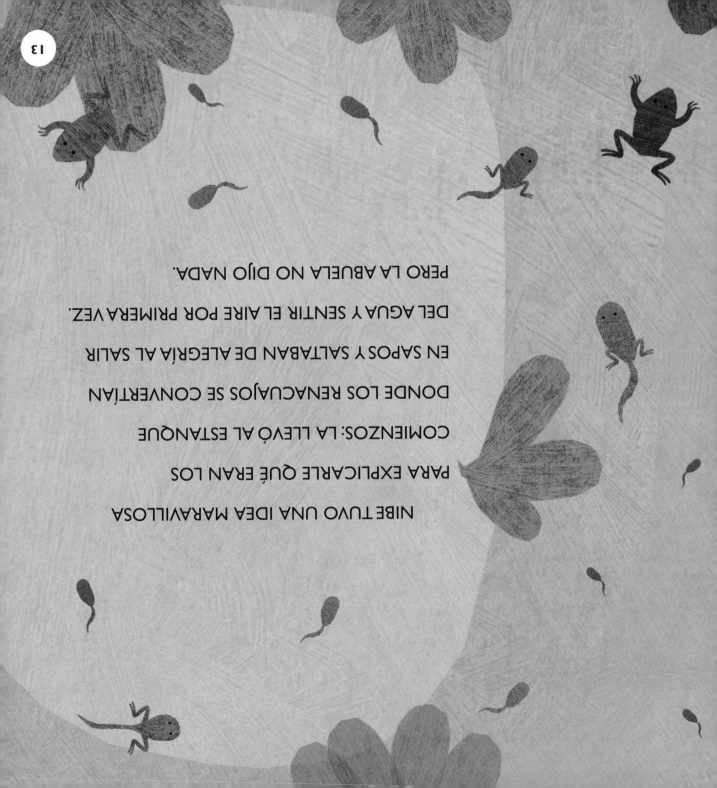

NIBE TUVO UNA IDEA MARAVILLOSA
PARA EXPLICARLE QUÉ ERAN LOS
COMIENZOS: LA LLEVÓ AL ESTANQUE
DONDE LOS RENACUAJOS SE CONVERTÍAN
EN SAPOS Y SALTABAN DE ALEGRÍA AL SALIR
DEL AGUA Y SENTIR EL AIRE POR PRIMERA VEZ,
PERO LA ABUELA NO DIJO NADA.

LUEGO LA AYUDÓ A TREPAR HASTA UN ÁRBOL, DONDE VIERON CÓMO UNA ORUGA SALÍA DE SU CAPULLO, SE TRANSFORMABA EN MARIPOSA Y SE REÍA CON EL ABRIR Y CERRAR DE SUS NUEVAS ALAS.

ALLÍ, UN POCO MÁS ARRIBA DEL ÁRBOL, ABUELA Y NIETA SE
MARAVILLARON CON UN POLLUELO QUE SE HAMACABA EN EL AIRE
E INTENTABA DARLES USO A SUS INEXPERTAS ALAS. "ESOS SON INICIOS",
LE DIJO NIBE A HORTENSIA.

PERO LA ABUELA SEGUÍA SIN RECORDAR QUÉ ERA EMPEZAR.

NIBE ENTONCES ARMÓ SU CARPA E INVITÓ A SU ABUELA A PASAR LA NOCHE FUERA DEL ESTABLO. SE QUEDARON TODA LA NOCHE EN VELA DELEITÁNDOSE CON LA LUZ DE LAS ESTRELLAS Y LA MAGIA DE LA LUNA. VENCIERON EL SUEÑO Y PUDIERON VER LOS PRIMEROS RAYITOS DE LUZ QUE ABREN LAS CORTINAS PARA EL INICIO DE UN NUEVO DÍA. "ESO ES UN BUEN EJEMPLO DE LO QUE ES EMPEZAR", LE DIJO NIBE A SU ABUELA.

HORTENSIA EMPEZABA A RECORDAR, Y CON UN ABRAZO AGRADECIÓ TODOS LOS ESFUERZOS DE SU NIETA.

SU HIJA LOLA DIO A LUZ AL SÉPTIMO NIETO DE HORTENSIA. ERA UN CORDERITO REALMENTE HERMOSO. HORTENSIA DETUVO SU MIRADA EN SU PIEL ROSADITA, EN SU SONRISA DE FIESTA Y EN SU RECIÉN ESTRENADA MIRADA. EN ESE MOMENTO, LA ABUELA OVEJA SE LEVANTÓ Y, LLENA DE EMOCIÓN, LE DIO LAS PUNTADAS FINALES A LA HERMOSA MANTA. CUANDO POR FIN TERMINÓ SU OBRA, RECORDÓ QUÉ ERA COMENZAR.

PERO UNA NUEVA SORPRESA AYUDARÍA DEFINITIVAMENTE A LA ABUELA A ENTENDER.

AL DÍA SIGUIENTE LE ENTREGÓ LA MANTA A NIBE Y LE PIDIÓ QUE LA USARA EN LAS NOCHES FRÍAS DESPUÉS DE LA ESQUILADA. "LA MANTA YA ESTÁ TERMINADA, ESE ES EL FINAL", DIJO.

NIBE ABRAZÓ A SU ABUELA Y, RECOSTÁNDOSE EN SU REGAZO, LE PIDIÓ QUE LE EXPLICARA QUÉ ERA UN FINAL.

HORTENSIA LE CONTÓ DE CUANDO LAS FLORES SE MARCHITAN, DE LOS DÍAS QUE TERMINAN EN BRAZOS DE LA NOCHE, DE LOS FRUTOS MADUROS QUE SE CAEN DE LOS ÁRBOLES, DEL FINAL DE LOS RÍOS CUANDO LLEGAN AL MAR, DE LAS ESTACIONES QUE TERMINAN PRESUROSAS Y DEL FUEGO QUE SE EXTINGUE SIN TEMOR ALGUNO.

"NO HAY UN FINAL. TODO TERMINA PARA VOLVER A EMPEZAR",

LE DIJO. PERO NIBE NO ENTENDÍA.

ENTONCES HORTENSIA, PUNTO POR PUNTO, DESHIZO LA MANTA HASTA QUE SOLO QUEDÓ UN MONTONCITO DE LANA, Y LE DIO A SU NIETA LA TAREA DE VOLVERLA A TEJER.

NIBE TEJIÓ Y TEJIÓ SIN DESCANSO HASTA QUE POR FIN TERMINÓ.

"¡CLARO! —SE DIJO—, ESE ES EL FINAL". CORRIÓ AL ENCUENTRO DE SU ABUELA, PERO ELLA SE HABÍA IDO. ALCANZÓ A VERLA A LO LEJOS, CON UNAS ENORMES ALAS QUE ELLA MISMA SE HABÍA TEJIDO Y QUE LA CONDUCÍAN AL MUNDO SOÑADO DE LA MEJOR LANA, CON LA QUE ESTÁN HECHAS LAS NUBES MÁS PURAS.

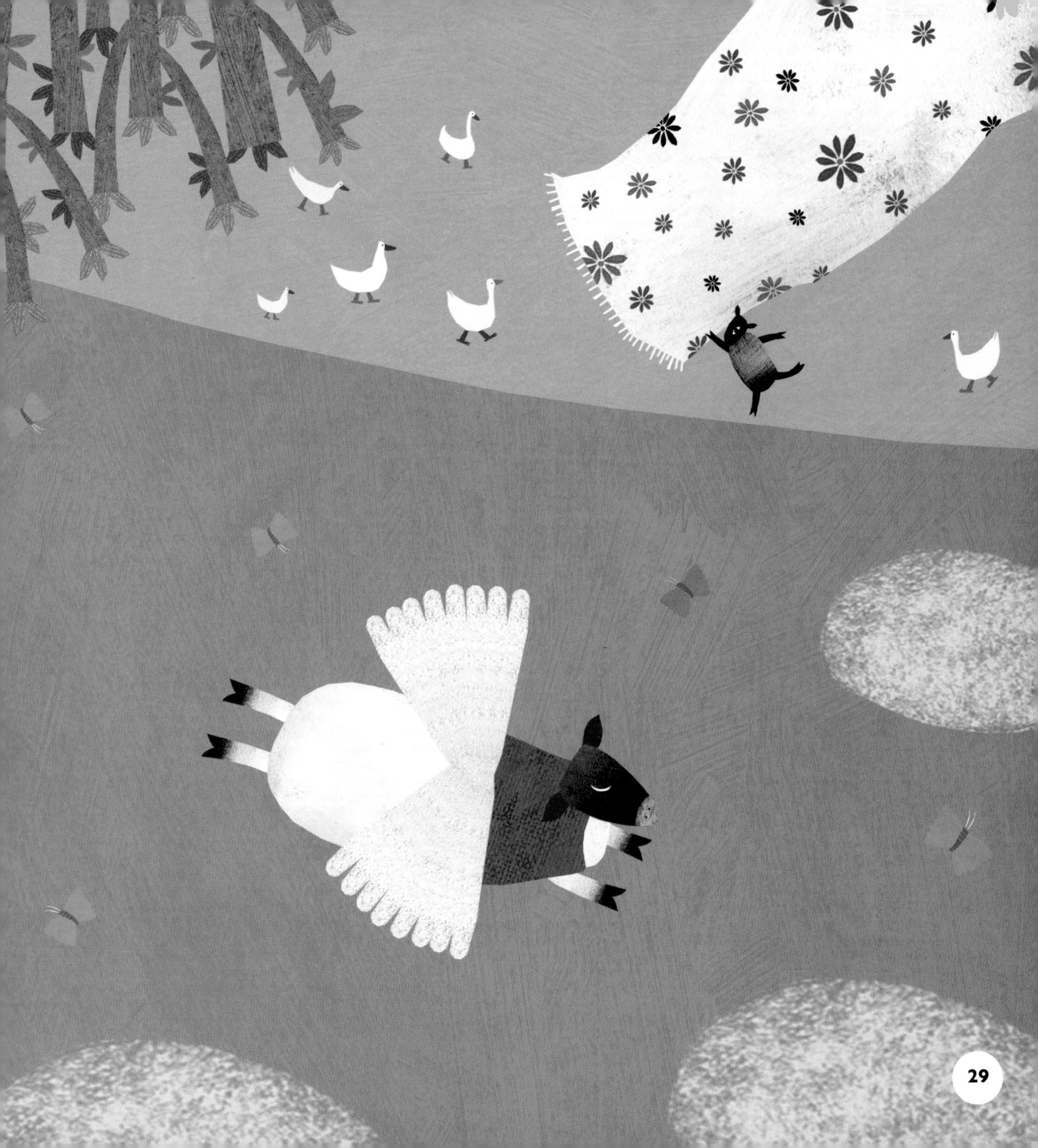

NIBE ENTENDIÓ QUE AQUEL NO ERA EL FINAL DE SU ABUELA, SINO APENAS OTRO VIAJE QUE ELLA ESTABA POR COMENZAR, COMO SI FUERA UNA MANTA A PUNTO DE TEJERSE DE NUEVO.